Rolf Horst
Der Schrebergarten Clan

Kleingärten sind ein Ort der Ruhe und Erholung. Nicht nur für die Kleingärtner selbst, sondern auch für Anwohner und Spaziergänger. Aber sind sie das wirklich? Wenn schon in der Vereinssatzung und der Gartenordnung so hochtrabende Ziele gesteckt und von der jeweiligen Stadt- oder Gemeindeverwaltung auch so gewollt sind, warum halten sich die Vereine nicht daran? Warum wird trotzdem für ein halbes Jahr die Mittagsruhe ausgesetzt und in der anderen Hälfte lautstark Radio gehört? Warum greift man bei der Gartenarbeit verstärkt auf motorbetriebene, lautstarke Geräte zurück? Angefangen vom Rasenmäher über die Heckenschere bis zum Rasentrimmer und Akkuschrauber.

So wird es nichts mit Ruhe und Erholung! Und der Gärtnernachwuchs räumt ganz schnell wieder das Feld.

Die Dummheit
und die
Boshaftigkeit
siegen nie!

Die Weisheit
und die
Liebe
werden immer
gewinnen!

Rolf Horst

Der Schrebergarten Clan

Erlebnisbericht

Der Autor: Rolf Horst wurde 1960 in Bremen geboren. Er lebt mit seiner Ehefrau und der Hündin, die aus dem Tierschutz kommt, nahe einer norddeutschen Kleinstadt. Nieke Horst, Jahrgang 1964, ist Asperger Autistin, studierte Germanistik, Französisch, Erwachsenenpädagogik und Sport, übte viele Jahre japanisches Rinzai-Zen nebst Klosteraufenthalt in Japan und entwickelte daraus mit ihrem Mann ihre Lebensform der Stille, Schlichtheit und Struktur, die es ihr möglich macht, am Rande einer gehetzten, ignoranten NT-Gesellschaft zufrieden zu leben.

© 2024 Rolf Horst

ISBN Softcover: 978-3-384-30194-9

ISBN E-Book: 978-3-384-30196-3

Druck und Distribution im Auftrag des Autors:
tredition GmbH, Heinz-Beusen-Stieg 5, 22926 Ahrensburg, Germany.

Kontaktadresse nach EU-Produktsicherheitsverordnung:
impressumservice@tredition.com

Da waren Sie also in Ihrer neuen Wohnung angekommen. Sie, das sind Carolina (58) und Olaf (62), lebten ab sofort in einer, höflich ausgedrückt, »Seniorenwohnanlage«. Es handelte sich dabei um ein an sich schönes altes Gebäude, in dem früher ein Mädchenwohnheim untergebracht war. Sechsunddreißig Wohnungen unterschiedlicher Größe gab es hier und einige wenige waren leerstehend.

Eine der Größten haben die beiden bekommen und sie glaubten erst einmal, dass sie so viel Platz auch brauchen würden.

Seniorenwohnanlage, klingt ja erst einmal so, als ob hier der Geldadel des Rentnerdaseins leben würde. Irrtum. Für die Wohnungen brauchte man einen WBS – also einen Wohnberechtigungsschein –, denn es handelte sich hier um sozialen Wohnungsbau. Olaf und Caro haben es im Laufe der Zeit und mit ihren Erlebnissen hier umgetauft in »a-sozialer Wohnungsbau«.

Hier lebten Menschen, deren Einkommen für den »normalen« Wohnungsmarkt nicht ausreichten. Viele von ihnen waren Pflegebedürftig, hatten Haushaltshilfen, Betreuer*innen und schoben mit ihren Rollatoren durch das Haus oder durch den Garten.

Da die beiden ja ihre Hündin hatten, mussten sie zwangsläufig – sie gehen gerne, deshalb ist

»Zwang« eigentlich das falsche Wort – ihre Runden in der neuen Umgebung drehen. Sie hatten jetzt schon einige Zeit keinen eigenen Garten mehr, aber in den letzten beiden Wohnungen einen Balkon, so dass Caro und ab und zu auch Olaf sich zum Sonnen nach draußen legen konnten. Das war hier anders.

Allerdings verfügte dieses Haus über einen sehr großen Garten, der zudem noch an einem schönen Park gelegen war. Also nahmen sie sich eine große Decke und eine lange Leine mit in den Park und legten sich dort in die Sonne, auch wenn Olaf nicht unbedingt ein Sonnenanbeter war. Nun liefen hier aber sehr viele Hundehalter herum und viele hatten ihre Vierbeiner nicht an der Leine, was für Caros Hündin einen enormen Stress bedeutete. Sie kam aus einem Tierheim in Ungarn und war dort die Rangniedrigste. Ihr wurde ständig das Futter weggefressen und auf Fotos aus der Zeit sieht man sie nur auf dem Arm eines Pflegers.

Also umdisponieren. Sie holten ihre Gartenliegen aus dem Keller und legten sich vormittags an der so gut wie nie frequentierten Seite des Wohnhauses in die Sonne. Hier schob nur zweimal am Tag eine Mitbewohnerin vorbei und ab und zu fuhr in der Woche ein anderer Mieter mit dem Rad vorbei, um seinen Vorrat an alkoholischen Getränken aufzufüllen.

Einmal, als Caro im Herbst die Blätter mit einem

Rechen an die Seite auf eine von Ihnen angelegte Totholzhecke harkte, da rief diese ältere Dame ihr zu: »Lassen Sie das! Hören Sie auf damit! Das machen die Gärtner«. Dann kümmerten sich die beiden um ein verwahrlostes Beet bei einem Nebengebäude, das als Fahrradschuppen diente. Sie schnitten die Büsche zurück, entfernten kleine Bäume, die sich im Laufe der Jahre ausgebreitet hatten, pflanzten Blumenzwiebeln und brachten Saatgut aus.

Obwohl fast alle Bewohner*innen wussten, dass Carolina hochfunktionale Autistin ist, kam es immer wieder zu unnötigen Begegnungen an der einzigen »Wasserstelle« - einem Wasserhahn, aus dem über eine Pumpe Grundwasser gezogen werden konnte. Das brachte Caro so manchen autistischen Overload ein und schließlich überließ sie das Beet sich selbst und die Wasserstelle den anderen.

Neurotypische Menschen können und wollen leider auch nicht mit Autist*innen umgehen und dies auch nicht lernen.

Carolina wurde wieder einmal von den »Ach so NORMALEN« in ihrer freien Entfaltung behindert.

Was also tun? Sich wie immer erst einmal zurückziehen und schauen, ob sich irgendetwas anderes manifestiert. Olaf googelte von Zeit zu Zeit, ob jemand vielleicht einen Gartenanteil abzugeben hatte oder für seine Eltern jemanden suchte, der deren Garten in Ordnung halten würde. Nicht gegen Bezahlung, sondern für ein kleines Stückchen des Gartens, um diesen nach Caros und Olafs Vorstellungen herzurichten. Aber leider gab es so etwas nicht.

Dafür wurden von verschiedenen Kleingartenvereinen sogenannte Schrebergärten angeboten. Es waren fast immer Grundstücke in der Größe von vierhundert bis fünfhundert Quadratmetern, aber die Preise wichen zum Teil sehr stark voneinander ab.

Da war ein Verein in einer näheren Großstadt, auf dessen Gelände fast alle Parzellen neu zu besetzen waren. Aber zum einen lag dieses Gebiet direkt am Flughafen, zum anderen hatten die beiden aus ökologischen Gründen kein Auto mehr.

Einige Kleingartengebiete dieser Stadt lagen zwar näher am Wohnort, aber immer noch zu weit entfernt, um zu Fuß dort hinzugelangen. Endlich fanden Sie im Internet verschiedene Angebote von ortsansässigen Vereinen. Und so nahm Olaf Kontakt zu einem Vereinsvorsitzenden auf, weil sie sich für einen der angebotenen Gärten interessierten.
Sie trafen sich vor Ort mit den derzeitigen Pächtern und sahen sich alles ausgiebig an. Jetzt erfuhren Sie auch, warum die Preise so unterschiedlich waren: Die Kleingärten werden über den sogenannten Wertermittler auf der Grundlage der Richtlinien des zu-

ständigen Landesverbandes bewertet. Also: Gibt es ein Parzellenhaus? Wenn ja, wie groß ist es? Gibt es einen Strom- und Wasseranschluss oder eine Pumpe? Welche und wie viele Bäume, Beerensträucher und Zierpflanzen stehen auf dem Gelände? Gibt es Zäune, Rankgitter und vielleicht ein Gewächshaus? Da kommen einige Punkte zusammmen.

Dann wird überprüft, ob irgendetwas nicht den Richtlinien entspricht und zurückgebaut oder entfernt werden muss. Die Kosten dafür werden berechnet und zusammmen mit dem Wert in einem Gutachten schriftlich festgehalten.

Dann wird der Gesamtwert um die Kosten reduziert und es ergibt sich die Summe, die ein neuer Pächter an den Abgebenden zahlen muss. Mit den Mängeln wird unterschiedlich verfahren: Einige Vereine lassen sich die Summe als Kaution bezahlen und setzen dem neuen Pächter eine Frist für die Erledigung.

Nur bei positiver Nachbesichtigung wird diese Kaution zurückgezahlt. Andere verzichten auf die Zahlung und überlassen es dem neuen Pächter, ob er die Mängel beseitigt oder diese bei ihm auch in Abzug gebracht werden, sollte er das Gelände einmal abgeben.

Was den beiden an dem besichtigten Garten überhaupt nicht gefiel, war der ganze »Unrat«, den Sie entfernen mussten – ohne, dass dieser im Gutachten auftauchte. Aber es gab ja zum Glück noch einen weiteren freien Garten.

Der Vorteil hier lag auf der Hand. Man musste, um

in den Garten zu gelangen, nicht erst auf das Vereinsgelände. Diese Parzelle hatte ihren Zugang vom Parkplatz aus.

Das gefiel Caro natürlich besonders gut. Diese Parzelle war recht günstig, was allerdings daran lag, dass der Vorpächter seit längerer Zeit nicht mehr aktiv war und viele Arbeiten als Mängel in Abzug gebracht wurden.

Das Grundstück war ein langer Schlauch und hatte drei bis vier Nachbargärten an der Längsseite. Dem derzeitigen Pächter passte einiges aus dem Wertgutachten nicht, und so versuchte er, einige Gegenstände über den Vorstand noch zu Geld zu machen.

Der gesamte Sperrmüll, der sich im Haus befand, sollte auch noch von den Nachpächtern entfernt werden. Über diese beiden Punkte gerieten denn auch alle drei Parteien in Streit. Carolina, als hochfunktionale Autistin, hasste Ungerechtigkeiten und hielt damit auch nicht hinter dem Berg. Sie schrieb sehr offen an den Vorpächter und machte ihm Vorhaltungen. Sowohl hinsichtlich des Zustandes von Haus und Garten als auch bezüglich seines eigenen raffgierigen Verhaltens.

Das rief wiederum den Vereinsvorstand auf den Plan, der die Parzelle jetzt nicht mehr an Caro und Olaf verpachten wollte. Auch dem Vorstand teilte Carolina ganz direkt mit, was sie von seinem Vorgehen hielt – nämlich gar nichts. Außerdem wollten die beiden von diesem Verein gar keine Parzelle mehr pachten.

Also weitersuchen!

Olaf fuhr mit dem Fahrrad zu einem weiteren, recht überschaubaren Kleingartengebiet und sah sich dort um. Im Schaukasten erfuhr er die Handynummern vom Vereinsvorstand und dass dieser Verein über drei Gebiete verfügte. Da sich keiner am Telefon meldete, hinterließ Olaf eine Nachricht.

Nachmittags gingen die beiden zusammen mit ihrer Hündin die Anlage „Abgeblüht" des Vereins besuchen und trafen dort auf den Vorstand. Tatsächlich gab es zwei freiwerdende Kleingärten.

Der Garten, für den Olaf und Caro sich interessierten, erforderte einen enormen Arbeitsaufwand, um überhaupt wieder als Schrebergarten erkannt zu werden. Aber das machte den beiden keine Angst. Sie drängten darauf, ihn so schnell wie möglich zu übernehmen.

Für die Übernahme und weitere an den Verein zu zahlende Gebühren benötigten sie zweitausend Euro. Olaf besorgte das Geld, da vom Vereinsvorstand vorgeschrieben war, dass der ehemalige Pächter in Bar bezahlt wird.

Nachdem alle Formalitäten erledigt waren, legten Caro und Olaf sofort mit den Arbeiten los. Auch die Hündin war begeistert, denn sie wurde von der Leine gelassen und konnte sich im Garten richtig austoben.

Da Carolina aber die Beete anlegen wollte, musste Olaf einen Zaun anlegen – dafür nutzte er altes Holz, welches in großen Mengen auf dem Gelände vorhanden war.

Sie waren jetzt immer sehr früh in Ihrem Kleingarten, und während sich Caro um die Beete kümmerte, versuchte Olaf, die kaputten Plastikplatten vom Vordach zu entfernen und zu entsorgen. Es fiel sehr viel Müll an, der zu einer nahegelegenen Sammelstelle gebracht werden musste.

Dazu benötigte Olaf jedes Mal ein Carsharingauto, das zusätzliche Gebühren verursachte, und natürlich die Gebühren für die Sammelstelle. Da kam einiges zusammen.

Gartengeräte und andere Utensilien, die sie nicht brauchten, wurden am Hauptweg vor die Hecke gestellt. Auch eine kleine Holzbank mit Tisch fand bei einer Familie mit Kindern ein neues Zuhause.

Am späten Vormittag brauchten sie immer eine Pause und legten sich dazu auf ihre Gartenliegen in die Sonne. Um diese Zeit kamen vereinzelte Gartennachbar*innen an Ihrer Parzelle vorbei und grüßten oder riefen irgendwelche Sprüche über die Hecke. Das nervte Caro total. Als Autistin hatte sie ja nicht nur keinen Filter, beispielsweise gegen Lärm. Sie konnte mit Smalltalk, Witzen und Sprüchen nichts anfangen und hielt diese Art der Kommunikation daher auch für unnötig.

Sie hatte bereits bei der Übernahme des Gartens darauf aufmerksam gemacht, dass sie Autistin sei, aber da ist niemand näher drauf eingegangen.

Olaf sprach die sogenannte »Obfrau« des Vereins an, eine jener, die ständig ihre Sprüche über den »Gartenzaun« machten. Er bat sie, dies zukünftig sein zu lassen, und erinnerte sie noch einmal daran, dass Carolina Autistin sei und einen anderen Tagesablauf habe als neurotypische Menschen – also sie zum Beispiel.

Der »guten« Frau fiel Nichts Besseres ein, als Olaf darauf hinzuweisen, dass das »sein Problem« sei. Sie erzählte noch, dass es in der Familie ihres Mannes einen Autisten gäbe, aber das war auch schon alles. Olaf und Caro wussten nicht, was diese Frau über Autismus wusste oder mit dem Autisten erlebt hatte, aber ihnen war klar, dass sie den Garten nicht bekommen hätten, wenn dieser Frau Caros Autismus im Vorfeld bekannt gewesen wäre.

Aber die Obfrau fuhr jetzt still vorbei, grüßte nur kurz, machte aber keine Sprüche mehr. Oft fuhr sie auch von der anderen Seite in die Kleingartenanlage, so dass sie gar nicht auf Caro und Olaf traf. Andere hatten das aber immer noch nicht begriffen und grüßten lautstark über die Hecke.

Irgendwann stand einer der Gartennachbarn an der Pforte, während Olaf am Zaunaufstellen war, und erzählte ihm, dass man den Kindern des Vorpächters, aber auch einigen anderen Leuten aus anderen Kulturen erst einmal erklären musste, dass und wie das ganze Unkraut mitsamt der Wurzel entfernt wird.

**Der Horizont vieler Menschen
ist wie ein Kreis mit Radius Null.
Und das nennen sie dann ihren Standpunkt.**

Albert Einstein (*1879 +1955)

Auch die Obfrau lief immer wieder herum und forderte die Kleingärtner auf, die Beete vor ihren Hecken am Hauptweg von »Unkraut« zu befreien.
Vor allem Giersch sollte entfernt werden.
Ausgerechnet Giersch! Eine echte Heilpflanze – natürlich auch ein Plagegeist –, aber die Nutzung als Gemüse oder als Salat ist eine gute Alternative zu anderen Pflanzenarten. Er enthält Vitamin C, Calcium, Carotin, Magnesium, Eisen und Kupfer. Außerdem stellt er nur geringe Ansprüche an den Boden und steht über einen langen Zeitraum im Jahr zur Verfügung.
Weiterhin bestand die Obfrau darauf, dass für ein einheitliches Aussehen des Hauptweges alle Pflanzen, die nicht zur Buchenhecke gehörten, entfernt werden mussten. Ein einheitliches Aussehen bildeten die zerrupften und mit großen Lücken versehenen Hecken schon, wenn auch kein Schönes mehr.

Der Kleingarten ist ein Universum verschiedenster Arten von Lebewesen. Allein, was da alles so im Boden wohnt. Und nun gehen die Damen und Herren Kleingärtner doch tatsächlich bei und graben im Oktober/November alle Beete um. Dann säen Sie Gründüngung in Form von Phacelia (Bienenweide) aus, damit der Boden gut mit Stickstoff versorgt wird. Die Pflanzen sterben dann beim Frost ab und verrotten auf den Beeten. So weit, so schlecht!

Jede Schicht Erde beinhaltet eine bestimmte Form von Lebewesen, und jede noch so kleine Art hat Gründe dafür, in welcher Tiefe sie lebt und arbeitet. Mit jedem Spatenstich, mit dem sie die Erde ausheben und umdrehen, bringen sie den Lebensraum der Kleinstlebewesen durcheinander. Was vorher oben war, ist jetzt in der Erde, und die, die in der Erde sein sollten, liegen jetzt obenauf.
Dann lassen die Kleingärtner alles ein paar wenige Monate ruhen – siehe oben –, bevor sie wieder von vorne anfangen. Olaf und Caro haben es im Februar 2024 erlebt!

Während die beiden den ganzen Winter über fast täglich auf ihrer Parzelle waren, schon damit die Hündin sich austoben kann, war weit und breit kein Gartennachbar oder keine Nachbarin zu sehen.
Sie haben in dieser Zeit kleinere Reparaturen durchgeführt. Im Schuppen aufgeräumt, Saatpläne erstellt, kleine Zäune errichtet, im Gewächshaus Vorbereitungen für das Frühjahr getroffen und ich weiß nicht, was alles. Wobei die Hauptarbeit von Carolina ver-

richtet worden ist, denn Olaf hat fast die ganze Zeit auf dem Dach verbracht, um dieses abzudichten und so das Wasser aus ihrem Häuschen zu verbannen.

Caro ist Spezialistin für Permakultur. Sie hat die Beete – die von den Vorbesitzern bestimmt eineinhalb Jahre gar nicht bearbeitet worden sind – nicht umgegraben. Nein, sie hat kleine Hügel angelegt, die Beete von Wildkräutern befreit (diese aber an Ort und Stelle liegenlassen, damit die dem Boden entzogenen Nährstoffe durch das Verrotten wieder zurück in den Boden gelangen), täglich Kaffeesatz (zum Anlocken von Regenwürmern) verteilt und, Holzkohle zur Bodenverbesserung ausgebracht.

Und sie hat die beiden alten Komposter leer gemacht und die gute Erde auf den Beeten verteilt. Sie hat Totholzhecken angelegt und mit Moos aus den Rasenflächen aufgefüllt. Dadurch hat sie Rotkehlchen und Zaunkönig angelockt, während die von Olaf (der handwerklich nicht sehr geschickt ist) zusammengebauten Nistkästen eher für die Meisen von Interesse waren.

Außerdem hielt mindestens ein Igel bei ihnen seinen Winterschlaf und eine Erdkröte hat Carolina auch entdeckt. Eigentlich alles alte Bekannte, die sie in jedem Garten, den die beiden naturnah gestaltet hatten, angetroffen haben.

An einem schönen Tag Anfang Oktober, hatten die beiden seit dem Morgen in ihrem Garten gearbeitet, dann zu Mittag gegessen und sich auf ihre Liegen zurückgezogen, um die Stille zu genießen.

Pünktlich um dreizehn Uhr kam der gut fünfzigjährige Sohn der direkten Nachbarin und fing an, Rasen zu mähen. Von Olaf auf die Mittagsruhe angesprochen, meinte er nur: »Die ist vom 01.10. bis zum 31.03. abgeschafft« und mähte weiter.
Olaf rief sofort die Obfrau an und beschwerte sich über das Verhalten. Diese gab aber dem rasenmähenden Nachbarn Recht. Die Mittagsruhe für das Herbst- und Winterhalbjahr sei auf Antrag ausgesetzt worden, und das schon ziemlich lange.
Von Olaf darauf angesprochen, warum man sie nicht darüber informiert oder das in der Gartenordnung geändert habe, wusste sie keine Antwort.

Von Ihrem eingebrachten schriftlichen Antrag, die Mittagsruhe wieder einzuführen, haben die beiden nie wieder etwas gehört. Allerdings wurde kurze Zeit später ein altes Protokoll mit dem Abschaffungsvermerk wieder in den Schaukasten gehängt.

Caro war bedient. Hätte sie das vorher gewusst, dann wäre der Kleingarten von ihr nicht übernommen worden. Niemand in der Kleingartenanlage hielt es für nötig, das eigene Verhalten einmal zu hinterfragen - nein, alle machten mit.
Da waren die Einen, leider die Mehrheit, die noch nie etwas vom Gärtnern in Zeiten des Klimawandels

gehört hatten und ihre Beete noch so bearbeiteten, wie es in den Fünfzigerjahren üblich war.

Die Anderen machten so gut wie gar keine Gartenarbeit, sondern nutzten den Schrebergarten nur für Feierlichkeiten, und das bedeutete nicht etwa, dass sie am Samstagabend zum Grillen auftauchten.

Nein, ab vierzehn Uhr, oft mit zwanzig Personen, und von der Lautstärke her wie eine prall gefüllte Discothek.

Dann kam, obwohl Olaf ja bereits darauf hingewiesen hatte, dass Gruppen keine Option für Caro als Autistin sind, die Frage, ob sie am Kohlessen im Vereinsheim teilnehmen wollten. Nein, wollten sie nicht. Das schien dann ja auch angekommen zu sein, denn zu weiteren Veranstaltungen wurden sie nicht mehr eingeladen.

Der zweite Nachbar, dessen Grundstück an ihren Garten grenzte, stellte eines Tages beim Arbeiten sein Radio so laut – er selbst stand zwanzig Meter entfernt und war Zweige am Schreddern, konnte also ohnehin nichts hören – dass Caro, selbst mit ihren Noise-Cancelling-Kopfhörern, so viel hören konnte, als hätte sie das Radio auf ihrer Liege stehen.

Olaf ging zu ihm hinüber und bat ihn, das Radio leiser zu stellen. Er erklärte ihm auch, warum. Der Nachbar stellte sein Radio ganz aus, was ja nicht notwendig war, aber das gefiel Carolina natürlich am Besten. Die Nachbarn sorgten für immer mehr Unruhe in der Anlage. Das Ehepaar auf der anderen Seite des Hauptweges, also gegenüber von Olaf und Caro, besaß zwei nebeneinanderliegende Gärten.

Der Mann mähte in sehr kurzen Abständen und immer stundenlang in beiden Gärten die Rasenflächen. Es gab keine Unterbrechung – außer wenn der Grasfangkorb voll war - und auch keine Verteilung auf zwei Tage.

Caro bekam einen autistischen Overload nach dem anderen.

Dann legte der Nächste los. Punkt dreizehn Uhr – in der mittagsruhefreien Zeit – fing er mit einer elektrischen Hacke an, seine Beete umzupflügen. Es schien allen richtig Spaß zu machen, einer Autistin auf den Nerven herumzutrampeln.

Außerdem wurden ihre Tätigkeiten im Schrebergarten argwöhnisch beäugt. Caro hatte während ihrer Zen-Ausbildung vor vielen Jahren die Gelegenheit, auf einem der ältesten Permakulturacker mitzuarbeiten. Diese Kenntnisse brachte sie jetzt auf dem eigenen Acker ein.

Olaf hatte schon als Kind aus Samen Pflanzen gezogen, diese bei Bedarf pikiert und nach dem Blühen Saatgut für Folgejahre geerntet. Er war handwerklich sicherlich nicht der Geschickteste und er musste oft genug auch Dinge zweimal machen, aber er wusste sich in der Regel zu helfen. Sie hatten viel Werkzeug übernommen und über fehlende Ideen brauchten sie nicht zu klagen.

Der Vorpächter hatte ihnen auch einiges an Saatgut

überlassen, das sie ausprobierten. Sie verfügten noch über Saatgut aus ihrem letzten Gemüsegarten – es war sogar Bio-Pflücksalat dabei, der schon viele Jahre »eingelagert« war und trotzdem noch prächtige Pflanzen hervorgebracht hat – und von einigen wenigen Sorten kauften sie Saatgut im Handel ein.

Darunter Glasperlenmais – die Kolben waren Unikate und bestanden meistens aus verschiedenfarbigen Körnern –, afrikanische Horngurken – geschmacklich kamen diese nicht so gut an, aber sie bildeten einen herrlichen blickdichten Sichtschutz aus dunkelgrünen Blättern – und Zitronengurken, die nicht wie angepriesen nach Zitrone schmeckten.

Carolina und Olaf wurden von der Obfrau gefragt, ob sie frischen Kuhmist haben wollten. Der Verein wollte beim Bauern eine große Fuhre bestellen. Nein, wollten sie nicht. Zum Einen hatte ihr Vorpächter noch einen Sack mit Rinderdungpellets stehengelassen, zum anderen hatte Caro gut abgelagerten Kompost in die schon lange brachliegenden, sandigen Beete eingearbeitet.
Zudem brachten sie Saatgut von Gründüngungspflanzen aus, zum Beispiel Bienenweide, also Phacelia, die zur Bodenverbesserung beitrugen. Zu viel frischer Kuhmist ist für den Boden nicht gut, und das, was die Kleingärtner auf ihren Beeten verteilten, war eindeutig zu viel.
Da hielten Sie es lieber mit Masanobu Fukuoka, dem

japanischen Permakulturvorreiter. Der überließ die Hauptarbeit in seinem Gemüsegarten der Natur. Weißer Klee breitete sich überall aus und hielt die Feuchtigkeit im Boden.

Wenn an der Stelle etwas ausgesät werden sollte, dann schnitt er mit einer Sichel etwas vom Klee ab und streute dort das Saatgut aus.

Auch warf er seine gemischten Seedballs oder eine Handvoll Samen einer Sorte einfach unter niedrige Büsche oder zwischen Bäume und andere Pflanzen.

Die Natur würde schon dafür sorgen, dass die Gemüsesaat aufgehen und wachsen würde. Er hat nicht einmal das »Unkraut« gejätet. Caro sammelte den Klee von verschiedenen Stellen im Garten ein und pflanzte ihn in die freien Beetreihen. Die Phaceliasaat ging sehr schnell auf und die kleinen Pflanzen wuchsen zu einem dichten, grünen Teppich heran.

Die Samen vom Glasperlenmais hatte Carolina in mehrere Reihen gesteckt und die gekauften Erdbeerpflanzen der Sorte »Asia« – eine sehr große, süße und saftige Erdbeere – hatte sie an verschiedenen Stellen im Beet eingepflanzt. Sie konnten dort drei Jahre bleiben. Von den Ausläufern, die sich immer wieder bilden, wurden neue Pflanzen gezogen, sobald die grünen Blattteile Wurzeln gebildet hatten. Dafür wurden sie einfach von der Mutterpflanze abgeschnitten.

Schon nach kurzer Zeit konnten Olaf und Caro die

kleinen Triebe der Maispflanzen erkennen. Zwischen die Pflanzen wurde Ringelblumensaat verteilt.

Von den über hundert Sonnenblumenkernen kamen genau drei kräftige Sonnenblumen, zum Teil mit mehreren großen Blüten. Zum ersten Mal klappte es auch mit einer insektenfreundlichen Saatgutmischung, die Olaf vom Einkaufen mitgebracht hatte. Es wuchsen Leinsaat, Cosmea und andere blühfreudige Blumen heran. Die Tulpenzwiebeln waren ebenfalls ein voller Erfolg.

Auf dem Gelände stand auch ein Gewächshaus. Hier hatte Caro Snackgurken ausgesät. Die bei einem Pflanzengroßhandel bestellte Kiwibeere wollte draußen nicht so richtig wachsen. Darum buddelte Carolina sie noch einmal aus und setzte sie ins Gewächshaus um. Welch ein Unterschied!
Dort wuchsen jetzt Erdbeeren, Snackgurken, Kapuzinerkresse und Ringelblumen.
Für eine Überraschung sorgten allerdings die Tomaten, die sich anscheinend selbst ausgesät hatten. Entgegen landläufiger Meinungen gediehen diese neben den Gurken zu prächtigen, großen Pflanzen, die sich an den bereits hochgewachsenen Maispflanzen – Caro wollte das im Gewächshaus ausprobieren – festhielten und daran emporwuchsen.
Natürlich wurde alles von den Gartennachbarn ausgiebig begutachtet, belächelt und hinter vorgehaltener Hand kommentiert.

Wenn die Menschen nur über das sprächen,
was sie begreifen,
dann würde es sehr still auf der Welt sein.

Albert Einstein (*1879 +1955)

Mitten auf der Rasenfläche stand ein Holzgerüst, an dem Weinblätter rankten. Allerdings nur Weinblätter, also keine Trauben. Diese wurden vom Vorpächter dazu genutzt, befüllt und gegessen zu werden.

Olaf und Carolina war die Fläche, die von dieser Riesenpflanze eingenommen wurde, viel zu groß. Außerdem brauchten Sie keine Weinblätter. Also nahmen sie Astschere und Baumsäge zur Hand und entfernten die Anpflanzung.

Einen Teil des Gestells ließen sie stehen und Caro spannte mehrere Seile als Halterungen für die Erbsen daran fest. Somit hatten Sie einen weiteren Sichtschutz zum Nachbargrundstück.

Jeden Tag kamen sie schon früh am Morgen in den Garten, um zu gießen und zu ernten. Sie hatten mehrere Regentonnen, aus denen Sie Wasser entnehmen konnten. Zusätzlich hatten sie eine Schwengel- und eine elektrische Gartenpumpe. Die elektrische war schnell angeschlossen – unterhalb der mechanischen Pumpe war eine Verschraubung mit Absperrhahn angebracht –, musste aber erst einmal mit Wasser aufgefüllt werden, genauso wie das Ansaugrohr, bevor

Grundwasser hochgepumpt wurde. Von Zeit zu Zeit musste Olaf – über die Schwengelpumpe – Wasser nachfüllen, bis die Pumpe dieses wieder selbstständig ansaugte und über den Gartenschlauch verteilte.

Seit der Übernahme des Kleingartens im September war auch in den Wintermonaten kaum ein Tag vergangen, an dem Caro und Olaf nicht dort waren. Sei es nur für einen Ihrer Spaziergänge mit der Hündin und für deren zusätzlichen Auslauf. Sie hatte sich angewöhnt, mit einem enormen Tempo das Haus auf dem Grundstück zu umrunden, und es war den beiden eine Freude, dabei zuzusehen.

Die Obstbäume waren im Herbst und Frühjahr um einiges zurückgeschnitten worden, sowohl in der Höhe als auch in der Breite. Das schien den meisten sehr gut getan zu haben. Die Apfelbäume trugen ganz ausgezeichnet und von der prächtigen Süßkirsche konnten sie schon im Mai große Mengen ernten.
Die Snackgurken verschenkten die beiden an Nachbarn im Wohnhaus sowie an dort tätige Handwerker. Der ganze Garten war mittlerweile eine herrlich anzusehende Blütenpracht und die Bienen, Hummeln und Schwebfliegen tummelten sich sowohl in den Phaceliablüten als auch in den Ringel- und Sonnenblumen.
Caro und Olaf war es gelungen, innerhalb eines Dreivierteljahres einen tollen Permakulturgarten an-

zulegen. Unter jedem Obstbaum wuchsen Kapuzinerkressen in die Höhe, und so viele verschiedene Farbkombinationen hatten sie schon lange nicht mehr gesehen.

Der Tag, an dem Olaf erstmalig an der Gemeinschaftsarbeit teilnehmen musste, rückte näher. Die Obfrau hatte im Vorfeld bereits Geld eingesammelt, da sie einen Kleinbagger bestellen wollte. Beim Vereinsheim gab es zwei lange Reihen mit allerlei Buschwerk, das entfernt werden sollte. An deren Stelle waren Blumenbeete geplant.

Als Olaf an diesem Morgen beim Vereinsheim ankam, herrschte hektische Betriebsamkeit. Der angemietete Bagger konnte nicht geliefert werden, da der Vormieter diesen nicht zurückgebracht hatte. Also telefonierten mehrere Leute hinter einem Ersatzbagger her.
Olaf nahm seinen Spaten, eine Astschere und seine Arbeitshandschuhe und fing an, die Büsche mit der Hand auszugraben. Alle sahen ihn mitleidig an, und anstatt mitzuhelfen, wurde weiter herumtelefoniert.

Für den Tag wurde es nichts mehr mit dem Bagger – aber Olaf hatte vom Ersten Beet die Hälfte alleine ausgebuddelt. Wenn alle anderen mitgeholfen hätten, dann wären sie bis Mittag auch ohne Bagger fertig geworden.
Unsinnige Entscheidungen dieser Art entsprechend

gab es noch häufiger. So erzählte ein ehemaliges Vorstandsmitglied Olaf, während dieser die Büsche am Ausgraben war, dass die Rasenfläche vor dem Vereinsheim bei einer weiteren Gemeinschaftsarbeit komplett entfernt werden sollte.

Auf Olafs Frage, was stattdessen dorthin käme, antwortete er: »Natürlich wieder Rasen. Aber erst einmal soll eine Kunststofffolie eingebracht werden, damit die Maulwürfe hier nicht mehr buddeln und den Rasen kaputtmachen.«

Olaf fasste sich an den Kopf. Das konnte doch nicht wahr sein. Er und Carolina waren froh über jeden Maulwurfshügel im Garten.

So hatten Sie immer wunderbare Erde zur Verfügung und weniger Mäuse in den Beeten. Wenn diese in einen Maulwurfsgang gerieten, dann kamen sie dort nicht mehr heraus. Die Wände waren zu glatt und der Maulwurf verschmähte eine solche Nahrung natürlich nicht. Der Nachwuchs von Wühlmäusen steht ohnehin auf seinem Speiseplan. Außerdem bleibt ein Maulwurf in der Regel nur vier bis fünf Monate an einem Ort, dann wird meistens die Nahrung knapp. Also, warum einen kostenlosen Gartenhelfer vertreiben?

**Zwei Dinge sind unendlich, das Universum
und die menschliche Dummheit,
aber bei dem Universum
bin ich mir noch nicht ganz sicher.**

Albert Einstein (*1879 +1955)

Beim nächsten Termin für die Gemeinschaftsarbeit, bei dem Olaf nicht dabei sein musste, hatten sie tatsächlich einen Kleinbagger zur Verfügung und gruben damit die restlichen Büsche aus.

Olaf und Caro schüttelten die Köpfe. Zumal von Seiten der Obfrau auch noch darauf hingewiesen wurde, dass an diesem Tag wegen des Baggereinsatzes die Mittagsruhe entfallen würde.

Das machten sich natürlich auch die anderen Kleingärtner zu Nutze: Sie mähten mit ihren Bezinrasenmähern um die Wette.

In Caros Gewächshaus standen eine größere Anzahl von Blumentöpfen mit Paprikasaat, die mittlerweile zu mittelgroßen Pflanzen herangewachsen waren. Nach den Blüten bildeten sich grüne Spitzpaprikas heran. Das dachten jedenfalls Caro und Olaf, bis sie die Ersten davon probierten und im hohen Bogen wieder ausspuckten.

Es handelte sich um Chilischoten. Dazu noch eine Sorte, die sehr scharf war. Da im letzten Jahr ein paar Gärten weiter von einer wahrscheinlich vietnamesischen Frau solche Schoten angebaut worden waren, bat Carolina ihren Olaf, die geernteten Chilis dort abzugeben.

Der nervige Nachbar, der bei seiner Mutter den Rasen mähte und Olaf und Caro auf die Abschaffung der Mittagsruhe hingewiesen hatte, kam eines Tages mit dem Fahrrad angefahren und wollte ein paar

Dinge im Garten erledigen. Für Carolina gab es bei solchen Erlebnissen wie mit diesem Mann nur ein Vorgehen: Sie wollte von dem Moment an, wo sich jemand ihr gegenüber verletzend verhält und sich nicht einmal dafür entschuldigt, nichts mehr mit dieser Person zu tun haben.

Das bedeutete auch, dass sie solche Menschen nicht mehr grüßte. Die waren bei ihr untendurch – eine »Persona non grata« sozusagen.

Sie hatten das einmal in einem Mietshaus erlebt. Da wollte doch tatsächlich ein Mieter seine Mietzahlung kürzen, weil er von Olaf und Caro nicht gegrüßt wurde. Aber zurück zum Gartennachbarn.

Als dieser nun auftauchte, packten Olaf und Carolina ihre Sachen zusammen, nahmen die Hündin an die Leine und verließen ihren Garten.

Da tauchte dieser Typ an ihrem Zaun auf und rief laut hinter Olaf her, ob sie jetzt nicht mal mehr grüßen würden.

Olaf bestätigte seine Einschätzung und erklärte ihm auch, woran es liegen würde. Da war der Nachbar richtig sauer. Schließlich sei das ja nur einmal vorgekommen und er wäre ja auch im Recht gewesen.

Danach haben sie ihn nur noch zwei bis dreimal gesehen, als er den Kleingarten aufgeräumt und viel Gerümpel entsorgt hat.

Wie Olaf etwas später erfuhr, hatten seine Mutter und er den Schrebergarten gekündigt und verkauft. Der Nachmieter war ein ruhiger, freundlicher Polizist, den Olaf und Caro bereits kennengelernt hatten, als sie im Vorjahr Ihren Garten besichtigt hatten. An den neuen Nachbarn gefiel Caro besonders gut, dass sie so selten da waren.

Manchmal kamen Vater und Sohn, einmal kamen Mutter und Tochter mit, aber am häufigsten haben Olaf und Carolina die Eltern von ihrem Nachbarn im Garten arbeiten sehen.

Die waren bestimmt noch mal zehn bis fünfzehn Jahre älter als sie selbst und arbeiteten auch noch nach den Anbaumethoden der fünfziger Jahre.

So gab es dann auch keine Ernte. Die Beetreihen waren leergeräumt und staubtrocken. Die Kohlrabis und Kartoffelpflanzen wurden, kaum dass sie aus der Erde kamen, von den Schnecken verspeist.

Der Sohn regte sich bereits nach zwei Monaten über die immer neuen Anforderungen der Obfrau auf. Er fand die meisten Anweisungen überflüssig und unangemessen. Die Hecke musste ein zweites Mal geschnitten werden, weil sie nicht gleichmäßig und vor allem nicht auf die Höhe der Nachbarhecken geschnitten worden war. Das Beet und der Weg zwischen Hecke und Hauptwegmitte mussten von allem Pflanzlichen befreit und geharkt werden. Da kam bei den Nachbarn Freude auf.

Olaf und Caro bemerkten auch die neidischen Blicke vieler anderer Kleingartenbesitzer, weil ihr Garten voll war von blühenden und tragenden Obstbäumen, Beerensträuchern und Gemüsepflanzen. Bei ihnen im Garten war kaum eine freie Stelle zu sehen und der Boden entsprechend feucht. So setzt man Permakulturwissen in der Praxis um.

Dann gab es eine Mitteilung an die Gartenfreund*innen – auch wenn die Vereinsführung das Gendern unmöglich fand und nur die Gartenfreunde ansprach, ich möchte darauf nicht verzichten – dass im Sommer eine Gartenbegehung durch den Vorstand stattfinden werde und eine Anwesenheitspflicht bestand.

Wer nicht zum Termin anwesend war, der musste eine Geldstrafe zahlen und der Vorstand war berechtigt, das Gelände trotzdem zu betreten. Carolina war begeistert. Jetzt sollte sie diese diversitätsunfähigen Leute auch noch in ihren Garten lassen. Wieder ein Tag, an dem sie nicht auf der Parzelle sein konnte.

Olaf musste diesen Überfall alleine aushalten. An diesem Tag kamen sie doch tatsächlich mit vier Vorstandsmitgliedern und begutachteten den gesamten Garten. Selbst in das Gewächshaus wollte die Obfrau einen Blick werfen.

Aber es kam noch schlimmer!
Nach fast einem Jahr Ruhe stellte der junge Mann von nebenan, sein Radio wieder so laut, dass er den Sender auch im entferntesten Winkel seines Gartens hören konnte. Olaf bat ihn wieder darum, sein Radio auf eine angemessene Lautstärke einzustellen. Am

zweiten Tag dieser unnötigen Lärmverschmutzung und -beschallung schrieb Olaf eine SMS an die Obfrau, die versprach sich darum zu kümmern. Er hörte aber nichts von ihr.

Am nächsten Tag ging Olaf zum Garten der Obfrau. Er hörte schon von weitem ohrenbetäubenden Lärm – Musik kann man das in der Lautstärke nicht nennen, denn Musik sollte man genießen – und der kam direkt aus dem Schrebergarten der Obfrau.

Eine riesige Lautsprecherbox thronte auf der Terrasse und sie selbst stand mit dem Rücken zum Hauptweg und begutachtete ihren Garten. Von Olafs Klingeln und Rufen hörte sie allerdings nichts. Also betrat Olaf den Garten, ging auf sie zu und sprach sie an.

Ihr fuhr dermaßen ein Schrecken in die Glieder, dass sie zusammenzuckte und kreidebleich wurde. Olaf sprach sie auf seine SMS an und wollte wissen, was mit dem jungen Mann los sei, der nun ausgerechnet auch noch in der Mittagsruhe – die in diesem Halbjahr anberaumt war – dermaßen laut seine Musik spielt.

Da legte die Obfrau los: Sie seien von allen einhundertvierzig Pächtern die Einzigen, die sich ständig über irgendetwas beschweren würden. Da sie selbst auf der Arbeit war, hätte sie jemanden beauftragt, sich den angeblichen Lärm anzuhören, und derjenige konnte keine übermäßige Musiklautstärke feststellen.

Dann folgte ein Satz, der eigentlich an die Antidiskriminierungsstelle des Bundes hätte gemeldet werden müssen:
„Wenn ich gewusst hätte, dass deine Frau Autistin ist, dann hättet ihr den Kleingarten gar nicht bekommen."

Olaf explodierte jetzt und schrie die Obfrau an, ob sie meine, dass sie mit zweierlei Maß an die Sache herangehen könne.
Sie sollten das halbe Jahr ohne Mittagsruhe dulden und gleichzeitig auch den Verstoß gegen die Gartenordnung. Das würde er nicht mitmachen.

Er zitierte den Paragraphen, in dem geregelt war, dass Radios, Verstärker und Fernseher im Kleingarten nicht betrieben werden dürfen. Das hatte die Obfrau noch nie gehört – ausgerechnet diejenige, der die Einhaltung der Gartenordnung oblag, kannte die eigenen Paragraphen nicht – und wollte das erst einmal nachlesen.

Olaf brüllte sie noch einmal an, dass sie das auch im Informationskasten am Hauptweg nachlesen könne. Dann drehte er sich um und ging, nicht ohne die Gartenpforte laut zuzuknallen. Dass die Obfrau hinter ihm hergegangen war, das hatte er nicht mitbekommen. Sie wollte von ihm gezeigt bekommen, wo das im Schaukasten stehen würde.

Als Olaf ihr die Passage zeigte und auch noch laut vorlas, da wurde sie ein weiteres Mal kreidebleich und stotterte, dass sie das noch nie gesehen hätte. Olaf ging zu Carolina zurück und besprach das weitere Vorgehen mit ihr.

Ihnen war klar, dass es jetzt nur noch eine Option gab: Sie mussten den Kleingarten aufgeben und sofort kündigen. Der Termin für die fristgerechte Kündigung zum Ende des Gartenjahres war nämlich schon zehn Tage überschritten.

Olaf ging noch einmal zur Obfrau. Erstaunlicherweise lief dort jetzt keine Musik mehr. Olaf erklärte ihr, dass sie den Garten kündigen wollten und dass der Vorstand doch sicherlich nichts dagegen hätte, obwohl der Termin schon vorbei sei.

Die Obfrau radelte nach Hause und brachte Olaf wenig später das entsprechende Kündigungsformular in den Garten. Olaf füllte dieses aus und ließ auch Caro unterschreiben, damit auch ihre Mitgliedschaft als passives Mitglied endete.

Jetzt erfolgte der normale Ablauf bei einer Kündigung des Kleingartens. Es kommen wieder die Gutachter und erstellen die Positiv- und Negativliste des Gartens. Sie ermitteln die Größe, zählen die verschiedenen Pflanzen und berechnen aus den vorgegebenen Zahlen und Daten den Wert der Parzelle.

Nachmieter waren schnell gefunden. Interessanterweise pachtete jetzt eine Frau den Garten und die war sehr an Permakultur und nachhaltigem Anbau interessiert.

Olaf führte sie und ihren Ehemann durch den Garten und die Gemüsebeete. Er erklärte jeden Strauch und Baum und vor allem auch die außergewöhnlichen Gewächse.

Letztlich bekamen Olaf und Caro in etwa ihr eingesetztes Geld auch wieder heraus. Sie hatten Vieles von dem, was sie von ihrem Vorpächter übernommen hatten, nach der Kündigung mit nach Hause genommen. Möbel, Geschirr, ganz viel Werkzeug, ein paar Gartengeräte, eine kleine Klappleiter und einen kleinen, elektrischen Backofen, der ihnen heute noch gute Dienste leistet.

Der Versuch, über ein Kleinanzeigenportal Menschen zu finden, die von ihrem privaten Garten etwas abgeben würden – also Gartensharing – blieb leider ohne Erfolg.

Auch der Einwurf von selbsterstellten kleinen Plakaten brachte keinen Zuspruch.

Eine Frau teilte Ihnen per E-Mail mit, dass sie das eine tolle Idee fand, selbst aber noch nicht so weit sei.

Eine andere Frau hatte auf die Kleinanzeige reagiert, aber gleich den ersten, von ihr selbst angebotenen Termin, kurzfristig wieder abgesagt. Solche Aktionen kannte Carolina zur Genüge. Sie schrieb der Frau eine komplette Absage. Caro hatte bei einer Therapeutin gelernt: So wie eine Sache anfängt, so geht sie in der Regel auch weiter!

Jetzt haben die beiden das Gartensharing ad acta gelegt. Carolina hat einen tollen Kurs zum Klavierspielenlernen online gebucht und übt jetzt fleißig. Olaf bringt seine Gedanken zu Papier und schreibt Bücher über ihre Erlebnisse.

Das Bio-Saatgut, das sie in dem einen Jahr im Kleingarten gewonnen haben, bieten sie im Tausch gegen Schokolade oder Saft im Internet an. Damit haben Sie in der Vergangenheit gute Erfahrungen gemacht.

Rolf Horst schreibt seit 2023 über die Themen Autismus, Trauma, Sucht und Klimawandel. Seine Bücher sind bei tredition erschienen. Diese Themen greift er auch bei seinen Krimis und Dramen auf.

Biografische Erzählungen:
ASS – Autismus-Spektrum-Segnung
ASD? ASB! Autism-Spectrum-Blessing
Vererbtes Trauma – Gelebte Sucht
Inherited trauma – lived addiction
Mein Leben unter Alkoholikern
My life among alcoholics
Utopien:
Ein Zimmer für Autisten
Dramen:
Keine Rücknahme
Kannst Du bleiben?
Kämpfen wir für Deine Gesundheit….
Ich nehme dich mit
Seit wann heißt du Moritz?
Dem Erben geht der Tod voraus
Das Internat
Das Kind bleibt bei mir
Erfahrungsberichte:
Die Ignoranz der Lemminge
The ignorance of the lemmings
Der Schrebergarten Clan
Dystopien:
Stromsucht – der kalte Entzug durch Stromausfall

Überleben in einer neuen Wirklichkeit

Klimawandel und vieles mehr:

Klima, Krankheiten und andere Katastrophen oder der Sommer, als Jule kam

Jule gibt nicht auf

Krimis:

Bisher wurden zehn Kriminalromane über die autistische Hauptkommissarin Carmen Siebert veröffentlicht:

Der Tod vertritt meine Interessen

Stirb, denn du hast mich getötet

Sieht man mir den Mörder an?

Blutige Niete

Der Strauß des Todes

Der Tod ruft dich beim Namen

Freunde von Damals

Der Tod des Alkoholikers

Der Tod sucht eine Wohnung

Wer dem Wachstum im Wege steht

Weiterhin sind sechs Fantasy-Krimis über Rogolf den Barden erschienen.

Von **Nieke Horst** wurden 2024 die Bücher „Böse Essays" und "Gedanken einer alten Autistin" bei tredition veröffentlicht. 2025 sind beide Bücher unter den Titeln „Angry Essays" und „An old autists thoughts" in englischer Sprache erschienen. Außerdem hat sie ein Essay mit dem Titel „Das Wesen der Sucht" bei epubli veröffentlicht. Dieses Essay ist als ebook unter dem Titel „The nature of addiction" ebenfalls in englischer Sprache erhältlich.

Zwei weitere eBooks mit den Titeln „Die autistischen Hilfsmittel des Stimming, der Selbstgespräche und des monotonen Repetierens" und die englische Fassung „The autism support tools of stimming, self-talk and monotonous repetition" sind im September 2025 veröffentlicht worden.

FSC
www.fsc.org
MIX
Papier | Fördert
gute Waldnutzung
FSC® C083411

Zeitfracht Medien GmbH
Ferdinand-Jühlke-Straße 7
99095 Erfurt, Deutschland
produktsicherheit@kolibri360.de